I0686789

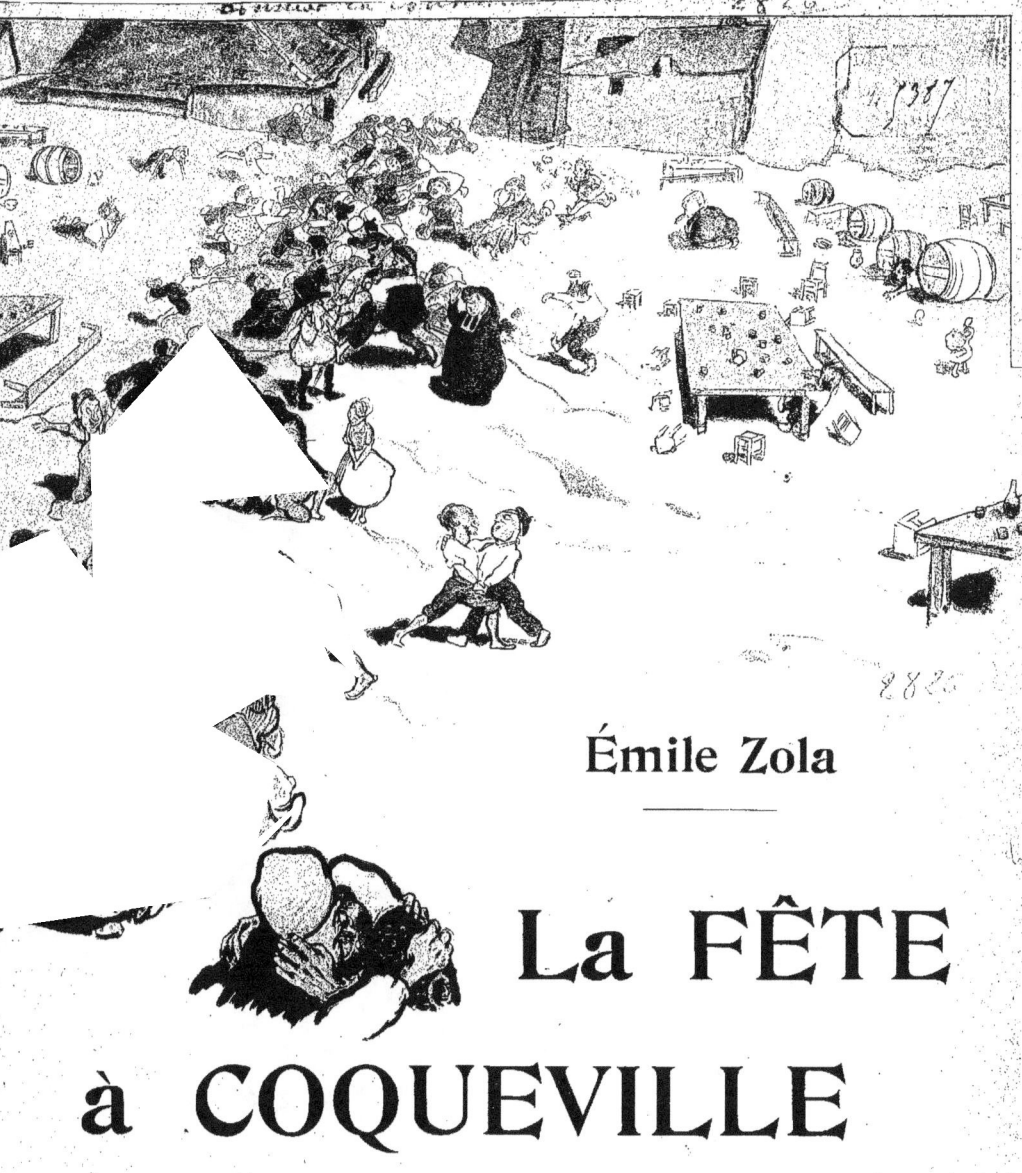

Émile Zola

La FÊTE
à COQUEVILLE

Dessinée par André DEVAMBEZ

PARIS
Librairie CHARPENTIER & FASQUELLE
Eugène FASQUELLE, Éditeur
11, rue de Grenelle, 11
—
1899

LA FÊTE A COQUEVILLE

Il a été tiré de cet ouvrage cent exemplaires sur papier du Japon, numérotés de 1 à 100.

Émile ZOLA

❦❦❦❦❦❦

La Fête à Coqueville

DESSINÉE PAR   ANDRÉ DEVAMBEZ

PARIS

EUGÈNE FASQUELLE, Éditeur

11, rue de Grenelle, 11

—

1898

COQUEVILLE

est un petit village

planté dans une fente de rochers, à deux lieues de Grandport. Une belle plage de sable s'élargit devant les masures collées au flanc de la falaise, à mi-côte, comme des coquillages laissés là par la marée. Lorsqu'on monte sur les hauteurs de Grandport, vers la gauche, on voit très nettement à l'ouest la nappe jaune de la plage, pareille à un flot de poussière d'or qui aurait coulé de la fente béante du roc ; et même, avec de bons yeux, on distingue les maisons, dont le ton de rouille tache la pierre, et dont les fumées mettent des traînées bleuâtres, jusqu'à la crête de l'énorme rampe, barrant le ciel.

C'est un trou perdu. Coqueville n'a jamais pu atteindre le chiffre de deux cents habitants. La gorge qui débouche sur la mer, et au seuil de laquelle le village se trouve planté, s'enfonce dans les terres par des détours si brusques et des pentes si raides, qu'il est à peu près impossible d'y passer avec des voitures. Cela coupe toutes les communications et isole le pays, où l'on semble être à cent lieues des hameaux voisins. Aussi, les habitants n'ont-ils avec Grandport des communications que par eau. Presque tous pêcheurs, vivant de l'Océan, ils y portent chaque jour le poisson dans leurs barques. Une grande maison de factage, la maison Dufeu, achète leur pêche à forfait. Le père Dufeu est mort depuis quelques années, mais la veuve Dufeu a continué les affaires ; elle a simplement pris un commis, M. Mouchel, grand diable blond, chargé de battre la côte et de traiter avec les pêcheurs. Ce M. Mouchel est l'unique lien entre Coqueville et le monde civilisé.

Coqueville mériterait un historien. Il semble certain que le village, dans la nuit des temps, fut fondé par les Mahé, une famille qui vint s'établir là et qui poussa fortement au pied de la falaise. Ces Mahé durent prospérer d'abord, en se mariant toujours entre eux, car pendant des siècles on ne trouve que des Mahé. Puis,

sous Louis XIII, apparaît
un Floche.

Le premier floche
et sa
famille

On ne sait trop d'où il venait. Il épousa une Mahé, et dès ce moment un phénomène se produisit, les Floche prospérèrent à leur tour et se multiplièrent tellement, qu'ils finirent peu à peu par absorber les Mahé, dont le nombre diminuait, tandis que leur fortune passait aux mains des nouveaux venus. Sans doute, les Floche apportaient un sang nouveau, des organes plus vigoureux, un tempérament qui s'adaptait mieux à ce dur milieu de plein vent et de pleine mer. En tout cas, ils sont aujourd'hui les maîtres de Coqueville.

On comprend que ce déplacement du nombre et de la richesse ne se soit pas accompli sans de terribles secousses. Les Mahé et les Floche se détestent. Il y a entre eux une haine séculaire. Malgré leur déchéance, les Mahé gardent un orgueil d'anciens conquérants. En somme, ils sont les fondateurs, les ancêtres. Ils parlent avec mépris du premier Floche, un mendiant, un vagabond recueilli chez eux par pitié, et auquel leur éternel désespoir sera d'avoir donné une de leurs filles. Ce Floche, à les entendre, n'a engendré qu'une descendance de paillards et de

Les Floche au dîne d'un Mahé

voleurs, passant leurs nuits à faire des enfants et leurs journées à

8

convoiter des héritages. Et il n'est pas d'injures dont ils n'accablent la puissante tribu des Floche, pris de la rage amère de ces nobles, décimés, ruinés, qui voient le pullulement de la bourgeoisie maîtresse de leurs rentes et de leurs châteaux. Naturellement, les Floche, de leur côté, ont le triomphe insolent. Ils jouissent, ce qui les rend guoguenards. Pleins de moquerie pour l'antique race des Mahé, ils jurent de les chasser du village, s'ils ne courbent pas la tête. Ce sont pour eux des meurt-de-faim, qui, au lieu de se draper dans leurs guenilles, feraient beaucoup mieux de les raccommoder. Coqueville se trouve ainsi en proie à deux factions féroces, quelque chose comme cent trente habitants résolus à manger les cinquante autres, par la simple raison qu'ils sont les plus forts. La lutte entre deux grands empires n'a pas d'autre histoire.

Les Mahé au dire d'un Floche.

Parmi les querelles qui ont dernièrement bouleversé Coqueville, on cite la fameuse inimitié des deux frères Fouasse et Tupain, et les batailles retentissantes du ménage Rouget. Il faut savoir que chaque habitant recevait jadis un surnom, qui est devenu aujourd'hui un véritable nom de famille; car il était difficile de se reconnaître parmi les croisements des Mahé et des Floche. Rouget avait eu certainement un aïeul d'un blond ardent; quant à Fouasse et à Tupain, ils se nommaient ainsi sans qu'on sût pourquoi, beaucoup de surnoms ayant perdu tout sens raisonnable

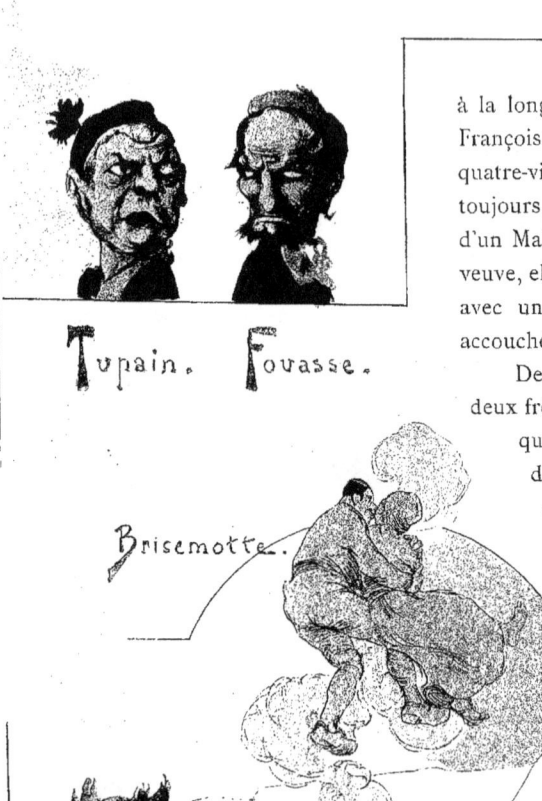

Tupain. Fouasse.

Brisemotte.

Rouget.

à la longue. Or, la vieille Françoise, une gaillarde de quatre-vingts ans qui vivait toujours, avait eu Fouasse d'un Mahé ; puis, devenue veuve, elle s'était remariée avec un Floche, et était accouchée de Tupain.

De là, la haine des deux frères, d'autant plus que des questions d'héritage avivaient cette haine.

Chez les Rouget, on se battait comme plâtre, parce que Rouget accusait sa femme Marie de le trahir pour un Floche, le grand Brisemotte, un brun solide, sur lequel il s'était déjà jeté deux fois avec un couteau, en hurlant qu'il lui crèverait le ventre. Rouget, petit homme nerveux, était très rageur.

Mais ce qui passionnait alors Coqueville, ce n'étaient ni les fureurs de Rouget, ni les discussions de Tupain et de Fouasse. Une grosse rumeur circulait : Delphin, un Mahé, un galo-

de grand père.
La Queue.

pin de vingt ans, osait aimer la belle Margot, la fille de La Queue, le plus riche des Floche et le maire du pays. Ce La Queue était en vérité un personnage considérable. On l'appelait La Queue parce que son père, sous Louis-Philippe, avait le dernier ficelé ses cheveux, avec une obstination de vieillard qui tient aux modes de sa jeunesse. Donc, La Queue possédait l'un des deux grands bateaux de pêche de Coqueville, le *Zéphir*, le meilleur de beaucoup, tout neuf encore et solide à la mer. L'autre grand bateau, la *Baleine,* une patache pourrie, appartenait à Rouget, dont les matelots étaient

11

Delphin et
Fouasse, tandis
que La Queue em-
menait avec lui Tupain
et Brisemotte. Ces der-
niers ne tarissaient pas en rires méprisants sur la *Baleine,* un
sabot, disaient-ils, qui allait fondre un beau jour sous la vague
comme une poignée de boue. Aussi, quand La Queue apprit que
ce gueux de Delphin, le mousse de la *Baleine,* se permettait
de rôder autour de sa fille, allongea-t-il deux claques soignées
à Margot, histoire simplement de la prévenir que jamais elle
ne serait la femme d'un Mahé. Du coup, Margot, furieuse, cria

qu'elle passerait la paire de soufflets à Delphin, s'il se permettait de venir se frotter contre ses jupes. C'était vexant d'être calottée pour un garçon qu'elle ne regardait seulement jamais en face. Margot, forte à seize ans comme un homme et belle comme une dame, avait la réputation d'une personne méprisante, très dure aux amoureux. Et, là-dessus, sur cette histoire des deux claques, de l'audace de Delphin et de la colère de Margot, on doit comprendre les commérages sans fin de Coqueville.

Pourtant, certains disaient que Margot, au fond, n'était pas si furieuse de voir Delphin tourner autour d'elle. Ce Delphin était un petit blond, la peau dorée par le hâle de la mer, avec une toison de cheveux frisés qui lui descendait sur les yeux et dans le cou. Et très fort, malgré sa taille fine ; très capable d'en rosser de trois fois plus gros que lui. On racontait qu'il se sauvait parfois et allait passer la nuit à Grandport. Cela lui donnait une réputation de loup-garou auprès des filles, qui l'accusaient entre elles de faire la vie, expression vague où elles mettaient toutes sortes de jouissances inconnues. Margot, quand elle parlait de Delphin, se passionnait trop. Lui, souriait d'un air sournois, la regardait avec des yeux minces et luisants, sans s'inquiéter le moins du monde de ses dédains ni de ses emportements. Il passait devant sa porte, il se coulait le long des broussailles, la guettait pendant des heures, plein d'une patience et d'une souplesse de chat à l'affût d'une mésange ; et, quand elle le découvrait tout d'un coup, derrière ses jupes, si près d'elle parfois qu'elle le devinait à la tiédeur de son haleine, il ne fuyait pas, il prenait un air doux et triste, qui la laissait interdite, suffoquée, ne retrouvant sa colère que lorsqu'il était loin. Sûrement, si son père la voyait, il la giflerait encore. Ça ne pouvait pas durer. Mais elle avait beau jurer que Delphin aurait un jour la paire de gifles qu'elle lui avait promise, elle ne saisissait jamais l'instant de les lui appliquer, quand il était là : ce qui faisait dire au monde

qu'elle ne devrait
pas en tant parler,
puisqu'elle gardait
en fin de compte
les gifles pour elle.

Personne, cependant, ne supposait qu'elle pût jamais être la
femme de Delphin. On voyait, dans son cas, une faiblesse de fille
coquette. Quant à un mariage entre le plus gueux des Mahé, un
garçon qui n'avait pas six chemises pour entrer en ménage, et la
fille du maire, l'héritière la plus riche des Floche, il aurait simplement paru monstrueux. Les méchantes langues insinuaient que,
tout de même, elle pourrait bien aller avec lui, mais que pour sûr
elle ne l'épouserait pas. Une fille riche prend du plaisir comme elle

l'entend; seulement, quand
elle a de la tête, elle ne
commet pas une sottise.

Enfin, tout Coqueville
s'intéressait à l'aventure,
curieux de savoir de quelle
façon les choses

L'ABBÉ
RADIGUET.

tourneraient. Delphin aurait-il ses deux gifles? ou bien Margot se laisserait-elle baiser sur les joues, dans quelque trou de la falaise? Il faudrait voir. Il y en avait pour les gifles et il y en avait pour les baisers. Coqueville était en révolution.

Dans le village, deux personnes seulement, le curé et le garde-champêtre, n'appartenaient ni aux Mahé ni aux Floche. Le garde-champêtre, un grand sec dont on ignorait le nom, mais qu'on appelait l'Empereur, sans doute parce qu'il avait servi sous Charles X, n'exerçait en réalité aucune surveillance sérieuse sur la commune, toute de rochers nus et de landes désertes. Un sous-préfet, qui le protégeait, lui avait créé là une sinécure, où il mangeait en paix de très petits appointements. Quant à l'abbé Radiguet, c'était un de ces prêtres simples d'esprit que les évêchés, désireux de s'en débarrasser, enterrent dans quelque trou perdu. Il vivait en brave homme, redevenu paysan, bêchant son étroit jardin conquis sur le roc, fumant sa pipe en regardant pousser ses salades. Son seul défaut était une gourmandise qu'il ne savait comment raffiner, réduit à adorer le maquereau et à boire du cidre plus parfois qu'il n'en pouvait contenir. Au demeurant, le père de ses paroissiens, qui venaient de loin en loin entendre une messe, pour lui être agréables.

Mais le curé et le garde-champêtre avaient dû prendre parti, après avoir longtemps réussi à rester neutres. Maintenant, l'Empereur tenait pour les Mahé, tandis que l'abbé Radiguet appuyait les Floche. De là, des complications. Comme l'Empereur, du matin au soir, vivait en bourgeois, et qu'il se lassait de compter les bateaux qui sortaient de Grandport, il s'était avisé de faire la police du village. Devenu le partisan des Mahé, par des instincts secrets de conservation sociale il donnait raison à Fouasse contre Tupain, il tâchait de prendre la femme de Rouget en flagrant délit avec Brisemotte, il fermait surtout les yeux, quand il voyait Delphin se glisser dans la cour de Margot. Le pis était que ces agissements amenaient de fortes querelles entre l'Empereur et son supérieur naturel, le maire La Queue. Respectueux de la discipline, le premier écoutait les reproches du second, puis recommençait à n'agir qu'à sa tête : ce qui désorganisait les pouvoirs publics de Coqueville. On ne pouvait passer devant le hangar décoré du nom de mairie, sans être assourdi par l'éclat d'une dispute. D'un autre côté, l'abbé Radiguet, rallié aux Floche triomphants, qui le comblaient de maquereaux superbes, encourageait sourdement les résistances de la femme de Rouget, et menaçait Margot des flammes de l'enfer, si jamais elle laissait Delphin la toucher du doigt. C'était, en somme, l'anarchie complète, l'armée en révolte contre le pouvoir civil, la religion se faisant la complaisante des jouissances de la bourgeoisie, tout un peuple de cent quatre-vingts habitants se dévorant dans un trou, en face de la mer immense et de l'infini du ciel.

Seul, au milieu de Coqueville bouleversé, Delphin gardait

17

son rire de garçon amoureux, qui se moquait du reste, pourvu que Margot fût à lui. Il la chassait au lacet, comme on chasse les lapins. Très sage, malgré son air fou, il voulait que le curé les mariât, pour que le plaisir durât toujours.

Un soir, Margot leva enfin la main, dans un sentier où il la guettait. Mais elle resta toute rouge ; car, sans attendre la gifle, il avait saisi cette main qui le menaçait, et la baisait furieusement.

Comme elle tremblait, il lui dit à voix basse :

— Je t'aime. Veux-tu de moi ?

— Jamais ! cria-t-elle révoltée.

Il haussa les épaules ; puis, d'un air tranquille et tendre :

— Ne dis donc pas ça... Nous serons très bien tous les deux. Tu verras comme c'est bon.

II

Ce dimanche-là, le temps fut épouvantable, un de ces brusques orages de septembre qui déchaînent des tempêtes terribles
sur les côtes rocheuses de Grandport. A la tombée du jour,
Coqueville aperçut un navire en détresse, emporté par le vent.
Mais l'ombre croissait, on ne pouvait songer à lui porter secours.
Depuis la veille, le *Zéphir* et la *Baleine* étaient amarrés dans le
petit port naturel, qui se trouve à gauche de la plage, entre deux
bancs de granit. Ni La Queue ni Rouget n'avaient osé sortir. Le
pis était que M. Mouchel, le représentant de la veuve Dufeu, avait
pris la peine de venir en personne, le samedi, pour leur promettre
une prime, s'ils faisaient un effort sérieux : la marée manquait, on
se plaignait aux Halles. Aussi, le dimanche soir, en se couchant
sous les rafales de pluie, Coqueville grognait-il, de méchante
humeur. C'était l'éternelle histoire, les commandes arrivaient,
lorsque la mer gardait son poisson. Et tout le village parlait de ce
navire qu'on avait vu passer dans l'ouragan, et qui bien sûr devait,
à cette heure, dormir au fond de l'eau.

Le lendemain lundi, le ciel était toujours sombre. La mer,

haute encore, grondait sans pouvoir se calmer, bien que le vent fût moins fort. Il tomba complètement, mais les vagues gardèrent leur branle furieux. Malgré tout, les deux bateaux sortirent l'après-midi. Vers quatre heures, le *Zéphir* rentra, n'ayant rien pris. Pendant que les matelots Tupain et Brisemotte, l'amarraient dans le petit port, La Queue, exaspéré sur la plage, montrait le poing à l'Océan. Et M. Mouchel qui attendait! Margot était là, avec la moitié de Coqueville, regardant les dernières houles de la tempête, partageant la rancune de son père contre la mer et le ciel.

— Où est donc la *Baleine?* demanda quelqu'un.

— Là-bas, derrière la pointe, dit La Queue. Si cette carcasse revient entière aujourd'hui, ce sera de la chance.

Il était plein de mépris. Puis, il laissa entendre que c'était bon pour des Mahé, de risquer leur peau de la sorte : quand on n'a pas un sou vaillant, on peut crever. Lui, préférait manquer de parole à M. Mouchel.

Cependant, Margot examinait la pointe de rochers derrière laquelle se trouvait la *Baleine.*

— Père, demanda-t-elle enfin, est-ce qu'ils ont pris quelque chose?

— Eux? cria-t-il. Rien du tout!

Il se calma et ajouta plus doucement, en voyant l'Empereur qui ricanait :

— Je ne sais pas s'ils ont pris quelque chose, mais comme ils ne prennent jamais rien...

— Peut-être qu'aujourd'hui tout de même ils ont pris quelque chose, dit méchamment l'Empereur. Ça-s'est vu.

La Queue allait répondre avec colère. Mais l'abbé Radiguet, qui arrivait, l'apaisa. De la plate-forme de l'église, l'abbé venait d'apercevoir la *Baleine;* et la barque semblait donner la chasse à quelque gros poisson. Cette nouvelle passionna Coqueville. Il y avait, dans le groupe réuni sur la plage, des Mahé et des Floche, les uns souhaitant que le bateau revînt avec une pêche miraculeuse, les autres faisant des vœux pour qu'il rentrât vide.

Margot, toute droite, ne quittait pas la mer du regard.

— Les voilà, dit-elle simplement.

En effet, une tache noire se montrait derrière la pointe.

Tous regardèrent. On aurait dit un bouchon dansant sur l'eau. L'Empereur ne voyait pas même la tache noire. Il fallait être de Coqueville, pour reconnaître à cette distance la *Baleine* et ceux qui la montaient.

— Tiens! reprit Margot, qui avait les meilleurs yeux de la côte, c'est Fouasse et Rouget qui rament... Le petit est debout à l'avant.

Elle appelait Delphin « le petit », pour ne pas le nommer. Et, dès lors, on suivit la marche de la barque, en tâchant d'en expliquer les étranges mouvements. Comme le curé le disait, elle semblait donner la chasse à quelque poisson qui aurait fui devant elle. Cela parut extraordinaire. L'Empereur prétendit que leur filet venait sans doute d'être emporté. Mais La Queue criait que c'étaient des fainéants et qu'ils s'amusaient. Bien sûr qu'ils ne pêchaient pas des phoques! Tous les Floche s'égayèrent de cette plaisanterie, tandis que les Mahé, vexés, déclaraient que Rouget était un gaillard tout de même, et qu'il risquait sa peau, lorsque d'autres, au moindre coup de vent, préféraient le plancher aux vaches. L'abbé Radiguet dut s'interposer encore, car il y avait des claques dans l'air.

— Qu'ont-ils donc? dit brusquement Margot. Les voilà repartis.

On cessa de se menacer, et tout le monde fouilla l'horizon. La *Baleine,* de nouveau, était cachée derrière la pointe. Cette fois, La Queue lui-même devint inquiet. Il ne pouvait s'expliquer de pareilles manœuvres. La peur que Rouget ne fût réellement

en train de prendre du poisson, le jetait hors de lui.
Personne ne quitta la plage, bien qu'on ne vît rien
de curieux. On resta là près de deux heures, on
attendait toujours la barque qui paraissait de temps
à autre, puis qui disparaissait. Elle finit par ne plus
se montrer du tout. La Queue, enragé, faisant au
fond ce souhait abominable, déclarait qu'elle avait dû
sombrer ; et comme justement la femme de Rouget
était présente avec Brisemotte, il les regardait tous
deux en ricanant, tandis qu'il tapait sur l'épaule
de Tupain, pour le consoler déjà de la mort de son frère Fouasse.
Mais il cessa de rire, lorsqu'il aperçut sa fille Margot, muette et
grandie, les yeux au loin. C'était peut-être bien pour Delphin.

— Qu'est-ce que tu fiches là ? gronda-t-il. Veux-tu filer à la
maison !... Méfie-toi, Margot !

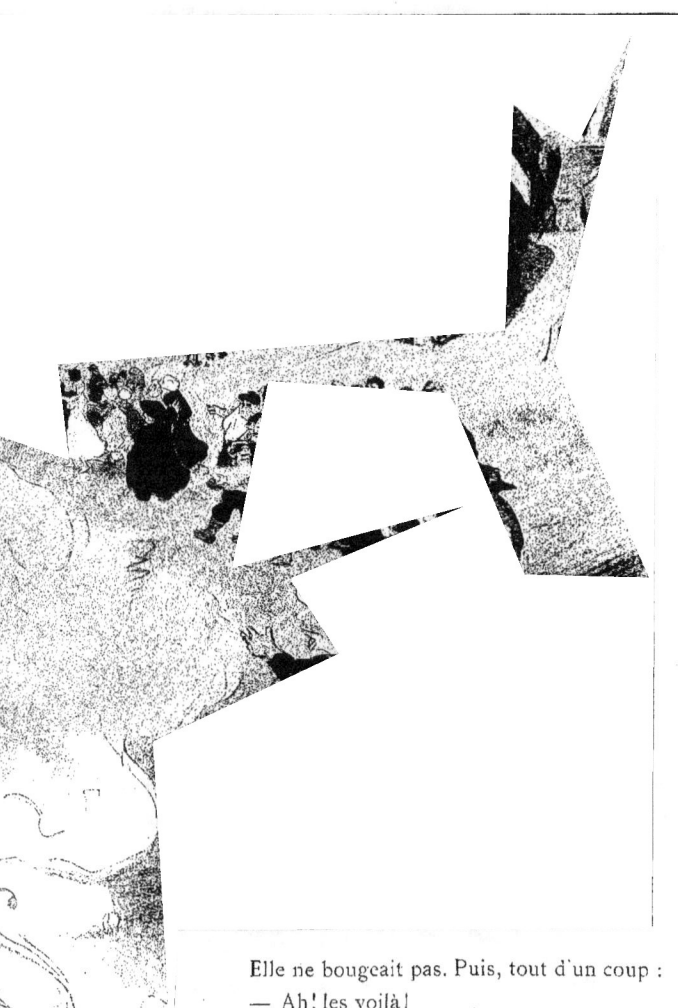

Elle ne bougeait pas. Puis, tout d'un coup :

— Ah! les voilà!

Il y eut un cri de surprise. Margot, avec ses bons yeux, jurait qu'elle ne voyait plus une âme dans la barque. Ni Rouget, ni Fouasse, ni personne! La *Baleine,* comme abandonnée, courait sous le vent, virant de bord à chaque minute, se balançant d'un air paresseux. Une brise d'ouest s'était heureusement levée et la poussait vers la terre, mais avec des caprices singuliers, qui la ballottaient de droite et de gauche. Alors, tout Coqueville descendit sur la plage. Les uns appelaient les autres, il ne resta pas une fille dans les maisons pour soigner la soupe. C'était une catastrophe, quelque chose d'inexplicable dont l'étrangeté mettait les têtes à l'envers. Marie, la femme de Rouget, après un instant de réflexion, crût devoir éclater en larmes. Tupain ne réussit qu'à prendre un air affligé. Tous les Mahé se désolaient, tandis que les Floche tâchaient d'être convenables. Margot s'était assise, comme si elle avait eu les jambes cassées.

— Qu'est-ce que tu fiches encore! cria La Queue, qui la rencontra sous ses pieds.

— Je suis lasse, répondit-elle simplement.

Et elle tourna son visage vers la mer, les joues entre les mains, se cachant les yeux du bout des doigts, regardant fixement la barque se balancer sur les vagues avec plus de paresse, de l'air d'une barque bonne enfant qui aurait trop bu.

Pourtant, les suppositions allaient bon train. Peut-être que les trois hommes étaient tombés à l'eau? Seulement, tous les trois à la fois, cela semblait drôle. La Queue aurait bien voulu faire croire que la *Baleine* avait crevé ainsi qu'un œuf pourri; mais le bateau tenait encore la mer, on haussait les épaules. Puis, comme si les trois hommes avaient réellement péri, il se souvint qu'il était maire, et il parla des formalités.

— Laissez-donc! s'écria l'Empereur. Est-ce qu'on meurt si bêtement! S'ils étaient tombés, le petit Delphin serait déjà ici!

Tout Coqueville dut en convenir, Delphin nageait comme un hareng. Mais alors où les trois hommes pouvaient-ils être? On criait : « Je te dis que si!... Je te dis que non!... Trop bête!... Bête toi-même! » Et les choses en vinrent au point qu'on

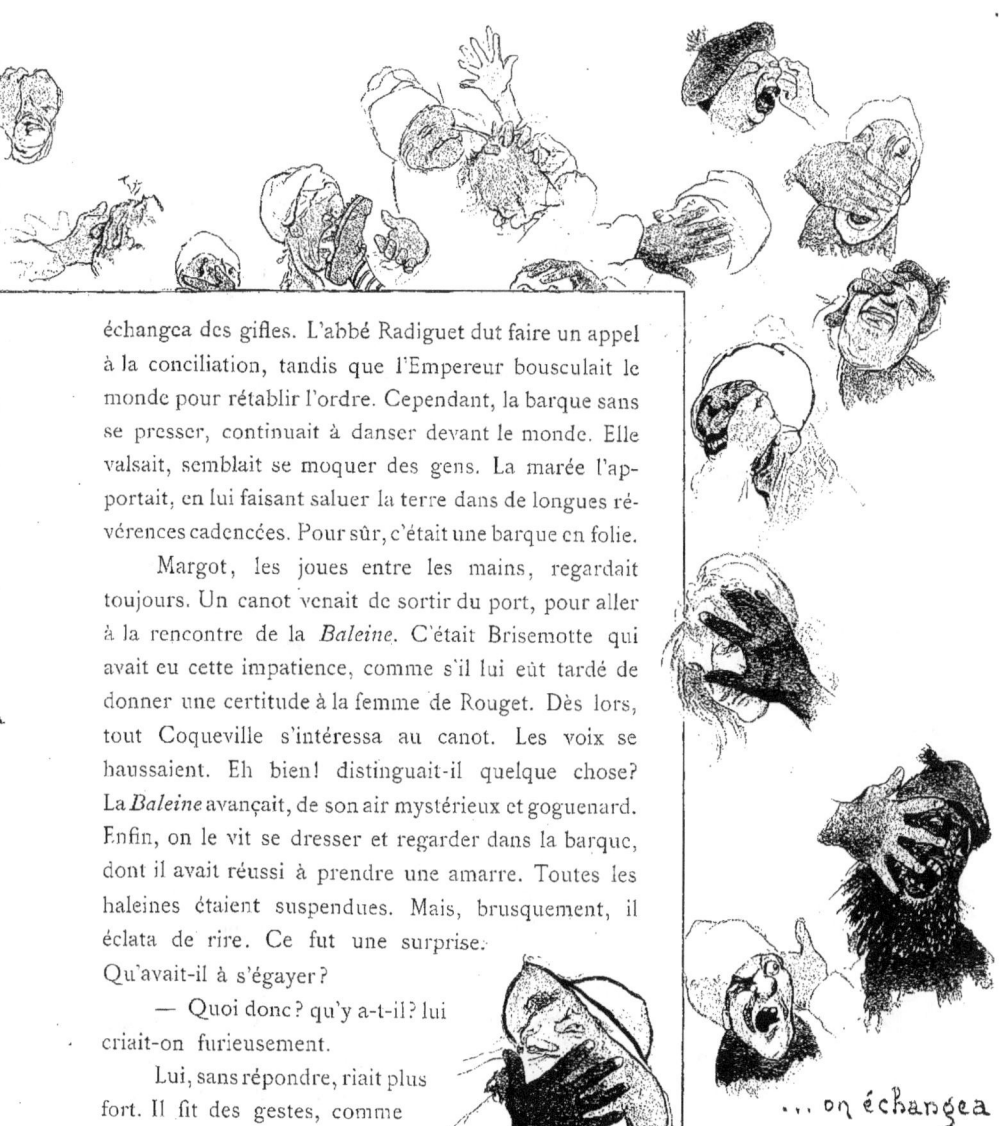

échangea des gifles. L'abbé Radiguet dut faire un appel
à la conciliation, tandis que l'Empereur bousculait le
monde pour rétablir l'ordre. Cependant, la barque sans
se presser, continuait à danser devant le monde. Elle
valsait, semblait se moquer des gens. La marée l'apportait, en lui faisant saluer la terre dans de longues ré-
vérences cadencées. Pour sûr, c'était une barque en folie.

Margot, les joues entre les mains, regardait
toujours. Un canot venait de sortir du port, pour aller
à la rencontre de la *Baleine*. C'était Brisemotte qui
avait eu cette impatience, comme s'il lui eût tardé de
donner une certitude à la femme de Rouget. Dès lors,
tout Coqueville s'intéressa au canot. Les voix se
haussaient. Eh bien! distinguait-il quelque chose?
La *Baleine* avançait, de son air mystérieux et goguenard.
Enfin, on le vit se dresser et regarder dans la barque,
dont il avait réussi à prendre une amarre. Toutes les
haleines étaient suspendues. Mais, brusquement, il
éclata de rire. Ce fut une surprise.
Qu'avait-il à s'égayer?

— Quoi donc? qu'y a-t-il? lui
criait-on furieusement.

Lui, sans répondre, riait plus
fort. Il fit des gestes, comme
pour dire qu'on allait voir.
Puis, ayant attaché la *Baleine* au

... on échangea des gifles.

canot, il la remorqua. Et un spectacle imprévu stupéfia Coqueville.

Dans le fond de la barque, les trois hommes, Rouget, Delphin, Fouasse, étaient béatement allongés sur le dos, ronflant à poings fermés, ivres morts. Au milieu d'eux, se trouvait un petit tonneau défoncé, quelque tonneau plein, rencontré en mer, et auquel ils avaient goûté. Sans doute c'était très bon, car ils avaient tout bu, sauf la valeur d'un litre qui avait coulé dans la barque et qui s'y était mêlé à de l'eau de mer.

— Ah! le cochon! cria brutalement la femme à Rouget, cessant de pleurnicher.

— Eh bien! elle est propre, leur pêche! dit La Queue, qui affectait un grand dégoût.

— Dame! répondit l'Empereur, on pêche ce qu'on peut. Ils ont toujours pêché un tonneau, tandis que d'autres n'ont rien pêché du tout.

Le maire se tut, très vexé. Coqueville clabaudait. On comprenait, maintenant. Quand les barques sont soûles, elles dansent comme les hommes; et celle-là, en vérité, avait de la liqueur plein le ventre. Ah! la gredine, quelle cocarde! Elle festonnait sur l'Océan, de l'air d'un pochard qui ne reconnaît plus sa maison. Et Coqueville riait et se fâchait, les Mahé trouvaient ça drôle, tandis que les Floche trouvaient ça dégoûtant. On entourait la *Baleine,* les cous s'allongeaient, les yeux s'écarquillaient, pour regarder dormir ces trois gaillards qui étalaient des mines de jubilation, sans se douter de la foule, penchée au-dessus d'eux. Les injures et les rires ne les troublaient guère. Rouget n'entendait pas sa femme l'accuser de tout boire. Fouasse ne sentait pas les coups de pied sournois dont son Frère Tupain lui bourrait les côtes. Quant à Delphin, il était joli, lorsqu'il avait bu, avec ses cheveux blonds, sa mine rose, noyée d'un ravissement. Margot s'était levée, et, silencieuse elle contemplait à présent le petit d'un air dur.

— Faut les cou-
ner! cria une voix.
Mais, justement,
elphin ouvrait
s yeux. Il pro-
ena des regards
chantés sur le
onde. On le
iestionnait de
utes parts, avec
é passion qui

l'étourdissait un peu,
d'autant plus qu'il
était encore soûl
comme une grive.

— Eh bien! quoi?
bégaya-t-il, c'est un
petit tonneau... Il n'y a
pas de poisson. Alors,
nous avons pris un
petit tonneau.

Il ne sortit pas de
là. A chaque phrase,
il ajoutait simplement :

— C'était bien bon.

— Mais qu'y avait-
il, dans le tonneau?
lui demandait-on ra-
geusement.

— Ah! je ne sais
pas... C'était bien bon.

A cette heure,
Coqueville brûlait de
savoir. Tout le monde
baissait le nez vers la
barque, reniflant avec
force. De l'avis una-
nime, ça sentait la
liqueur ; seulement,
personne ne devinait quelle liqueur. L'Empereur, qui se flattait
d'avoir bu de tout ce dont un homme peut boire, dit qu'il
allait voir ça. Il prit gravement, dans le creux de la main, un

peu du liquide qui nageait au fond de la barque. La foule fit tout d'un coup silence. On attendait. Mais l'Empereur, après avoir humé une gorgée, hocha la tête, comme mal renseigné encore. Il goûta deux fois, de plus en plus embarrassé, l'air inquiet et surpris. Et il dut déclarer :

— Je ne sais pas... C'est drôle... S'il n'y avait pas d'eau de mer, je saurais sans doute... Ma parole d'honneur, c'est très drôle!

On se regarda. On restait frappé de ce que l'Empereur lui-même n'osait se prononcer. Coqueville considérait avec respect le petit tonneau vide.

— C'était bien bon, dit une fois encore Delphin qui semblait se ficher des gens.

Puis, montrant la mer d'un geste large, il ajouta :

— Si vous en voulez, il y en a encore... J'en ai vu, des petits tonneaux... des petits tonneaux... des petits tonneaux...

Et il se berçait de ce refrain qu'il chantonnait, en regardant Margot doucement. Il venait seulement de l'apercevoir. Furieuse, elle fit le geste de le gifler; mais il ne ferma même pas les yeux, il attendait la claque d'un air tendre.

L'abbé Radiguet, intrigué par cette gourmandise inconnue, trempa lui aussi le doigt dans la barque et le suça. Comme l'Empereur, il hocha la tête : non, il ne connaissait pas ça, c'était très étonnant. On ne tombait d'accord que sur un point : le tonneau devait être une épave du navire en détresse, signalé le dimanche soir. Des navires anglais apportaient souvent ainsi des chargements de liqueurs et de vins fins à Grandport.

Peu à peu, le jour pâlissait, et le monde finit par se retirer dans l'ombre. Mais La Queue restait absorbé, tourmenté d'une idée qu'il ne disait point. Il s'arrêta, il écouta une dernière fois Delphin, qu'on emportait et qui répétait de sa voix chantante :

— Des petits tonneaux... des petits tonneaux... des petits tonneaux... Si vous en voulez, il y en a encore!

III

Cette nuit-là, le temps changea complètement. Lorsque Coqueville s'éveilla, le lendemain, un clair soleil luisait, la mer s'étendait sans un pli, comme une grande pièce de satin vert. Et il faisait chaud, une de ces chaleurs blondes d'automne.

Le premier du village, La Queue s'était levé encore tout embarbouillé de ses rêves de la nuit. Il regarda longtemps la mer, à droite, à gauche. Enfin, l'air maussade, il dit qu'il fallait pourtant contenter M. Mouchel. Et il partit tout de suite avec Tupain et Brisemotte, en menaçant Margot de lui caresser les côtes, si elle ne marchait pas droit. Quand le *Zéphir* quitta le port, et qu'il vit la *Baleine* se balancer lourdement à son amarre, il s'égaya cependant un peu, criant :

— Aujourd'hui, par exemple, bernique!... Souffle la chandelle, Jeanneton, ces messieurs sont couchés!

Et, dès que le *Zéphir* eut gagné le large, La Queue tendit ses filets. Il alla visiter ensuite ses « jambins ». Les jambins sont des sortes de nasses allongées, dans lesquelles on prend surtout des langoustes et des rougets. Mais, malgré la mer calme, il eut beau visiter un à un ses jambins, tous étaient vides; au fond du dernier, comme par dérision, il trouva un petit maquereau, qu'il rejeta rageusement à la mer. C'était un véritable sort; il y avait comme ça des semaines où le poisson se fichait de Coqueville, et toujours dans les moments où M. Mouchel témoignait un désir. Quand, une heure plus tard, La Queue retira ses filets, il n'amena qu'un paquet d'algues. Du coup, il jura, les poings serrés, d'autant plus en colère, que l'Océan avait une sérénité immense, paresseux et endormi, semblable à une nappe d'argent bruni, sous le ciel bleu. Le *Zéphir*, sans un balancement, glissait avec une douceur lente. La Queue se décida à rentrer, après avoir tendu de nouveau les filets. L'après-midi, il viendrait voir, et il menaçait Dieu et les saints, en sacrant des mots abominables.

Cependant, Rouget, Fouasse et Delphin dormaient toujours. On ne parvint à les mettre debout qu'à l'heure du déjeuner. Ils ne se souvenaient de rien, ils avaient simplement conscience de s'être régalés avec quelque chose d'extraordinaire, qu'ils ne connaissaient pas. L'après-midi, comme ils étaient tous les trois sur le port, l'Empereur essaya de les questionner, maintenant qu'ils avaient leur bon sens. Ça ressemblait peut-être à de l'eau-de-vie avec du jus de réglisse dedans; ou bien, plutôt, on aurait dit du rhum, sucré et brûlé. Ils disaient oui, ils disaient non. D'après leurs réponses, l'Empereur soupçonna que c'était du ratafia ; mais il ne l'aurait pas juré. Ce jour-là, Rouget et ses hommes avaient trop mal aux côtes pour aller à la pêche. D'ailleurs, ils savaient que La Queue était sorti inutilement dans la matinée, et ils parlaient d'attendre le lendemain, avant de visiter leurs jambins. Tous les trois assis sur des blocs de pierre, ils regardaient la marée monter, le dos arrondi, la bouche pâteuse, dormant à moitié.

Mais, brusquement, Delphin s'éveilla. Il sauta sur la pierre, les yeux au loin, criant :

— Voyez donc, patron... là-bas !

— Quoi? demanda Rouget qui s'étirait les membres.

— Un tonneau.

Rouget et Fouasse furent aussitôt debout, les regards luisants, fouillant l'horizon.

— Où ça, gamin? où ça, un tonneau? répétait le patron, très ému.

— Là bas... à gauche... ce point noir.

Les autres ne voyaient rien. Puis, Rouget poussa un juron.

— Nom de Dieu !

Il venait d'apercevoir le tonneau, gros comme une lentille sur l'eau blanche, dans un rayon oblique du soleil à son coucher. Et il courut à la *Baleine*, suivi par Delphin et Fouasse, qui se précipitaient, tapant leurs derrières de leurs talons et faisant rouler les cailloux.

— La *Baleine* sortait du port, lorsque la nouvelle qu'on voyait en mer un tonneau, se répandit dans Coqueville. Les enfants, les femmes se mirent

Et Coqueville dégringolait

à courir. On criait :

— Un tonneau ! un tonneau !

— Le voyez-vous ? Le courant le pousse à Grandport.

— Ah ! oui, à gauche..... Un tonneau ! Venez vite !

Et Coqueville dégringolait de son rocher, des enfants arrivaient en faisant la roue, tandis que les femmes ramassaient leurs jupes à deux mains, pour descendre plus vite. Bientôt, comme la veille, le village entier fut sur la plage.

Margot s'était montrée un instant, puis elle avait regagné à toutes jambes la maison, où elle voulait prévenir son père, qui discutait un procès-verbal avec l'Empereur. Enfin, La Queue parut. Il était blême, il disait au garde-champêtre :

— Fichez-moi la paix!... C'est Rouget qui vous a envoyé pour m'amuser. Eh bien! il ne l'aura pas, celui-là. Vous allez voir.

Lorsqu'il aperçut la *Baleine* à trois cents mètres, faisant force de rames vers le point noir qui se balançait au loin, sa fureur redoubla. Et il poussa Tupain et Brisemotte dans le *Zéphir,* il sortit du port à son tour, en répétant :

— Non, ils ne l'auront pas, je crèverais plutôt!

Alors, Coqueville eut un beau spectacle, une course enragée entre le *Zéphir* et la *Baleine.* Quand celle-ci vit l'autre quitter le port, elle comprit le danger, elle fila de toute sa vitesse. Elle pouvait avoir près de quatre cents mètres d'avance : mais les chances restaient égales, car le *Zéphir* était autrement léger et rapide. Aussi l'émotion se trouvait-elle à son comble sur la plage. Les Mahé et les Floche avaient instinctivement formé deux groupes, suivant avec passion les péripéties de la lutte, chacun soutenant son bateau. D'abord, la *Baleine* garda l'avantage; mais lorsque le *Zéphir* eut pris son élan, on le vit qui la gagnait peu à peu. Elle fit un suprême effort, et parvint pendant quelques minutes à conserver les distances. Puis, elle fut de nouveau gagnée, le *Zéphir* arrivait sur elle avec une rapidité extraordinaire. Dès ce moment, il fut évident que les deux barques allaient se rencontrer dans les environs du tonneau. La victoire dépendrait d'une circonstance, de la moindre faute.

— La *Baleine!* la *Baleine!* criaient les Mahé.

Mais ils se turent. Comme la *Baleine* touchait presque le tonneau, le *Zéphir,* par une manœuvre hardie, venait de passer devant elle et de rejeter le tonneau à gauche, où La Queue le harponna d'un coup de gaffe.

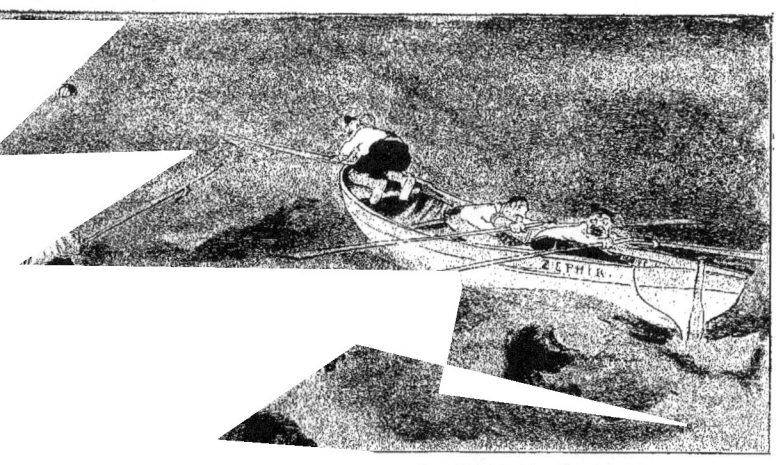

— Le *Zéphir!* le *Zéphir!* hurlèrent les Floche.

Et, l'Empereur ayant parlé de traîtrise, il y eut de gros mots échangés. Margot battait des mains. L'abbé Radiguet, descendu avec son bréviaire, fit une remarque profonde, qui calma brusquement le monde et le consterna.

— Ils vont peut-être tout boire, eux aussi, murmura-t-il d'un air mélancolique.

En mer, de la *Baleine* au *Zéphir,* avait éclaté une violente querelle. Rouget traitait La Queue de voleur, tandis que celui-ci l'appelait propre à rien. Les hommes prirent même leurs rames pour s'assommer; et il s'en fallut de peu que l'aventure ne tournât au combat naval. D'ailleurs, ils se donnaient rendez-vous à terre, en se montrant le poing et en menaçant de se vider le ventre, dès qu'ils se retrouveraient.

— La canaille! grognait Rouget. Vous savez, le tonneau est

plus gros que celui d'hier... Il est jaune, celui-là. Ça doit être du fameux.

Puis, d'un accent désespéré :

— Allons voir les jambins... Peut-être bien qu'il y a des langoustes.

Et la *Baleine* s'éloigna lourdement, se dirigeant vers la pointe, à gauche.

Dans le *Zéphir*, La Queue devait se fâcher pour contenir Tupain et Brisemotte devant le tonneau. La gaffe, en brisant un cercle, avait amené un suintement d'un liquide rouge, que les deux hommes goûtaient du bout du doigt, et qu'ils trouvaient exquis. On pouvait bien en boire un verre, sans que cela tirât à conséquence. Mais La Queue ne voulait pas. Il cala le tonneau et déclara que le premier qui le sucerait aurait à causer avec lui. A terre, on verrait.

— Alors, demanda Tupain maussade, nous allons tirer les jambins?

— Oui, tout à l'heure, ça ne presse pas, répondit La Queue.

Lui aussi caressait le baril du regard. Il se sentait les membres mous, avec l'envie de rentrer tout de suite, pour goûter à ça. Le poisson l'ennuyait.

— Bah! dit-il au bout d'un silence, retournons, car il se fait tard... Nous reviendrons demain.

Et il lâchait la pêche, lorsqu'il aperçut un autre tonneau sur sa droite, celui-là tout petit, et qui se tenait debout, tournant sur lui-même comme une toupie. Ce fut le dernier coup pour les filets et les jambins. On n'en parla même plus. Le *Zéphir* donna la chasse au petit baril, qu'il pêcha fort aisément d'ailleurs.

Pendant ce temps, une pareille aventure arrivait à la *Baleine*. Comme Rouget avait déjà visité cinq jambins complètement vides, Delphin, toujours aux aguets, cria qu'il voyait

36

quelque chose. Mais ça n'avait pas l'air d'un tonneau, c'était trop long.

— C'est une poutre, dit Fouasse.

Rouget laissa retomber son sixième jambin, sans le sortir complètement de l'eau.

— Allons voir tout de même, dit-il.

A mesure qu'ils avançaient, ils croyaient reconnaître une planche, une caisse, un tronc d'arbre. Puis, ils poussèrent un cri de joie. C'était un vrai tonneau, mais un tonneau bien drôle, comme jamais ils n'en avaient vu. On aurait dit un tuyau renflé au milieu et fermé aux deux bouts par une couche de plâtre.

— Ah! il est comique! cria Rouget ravi. Celui-là, je veux que l'Empereur le goûte... Allons, rentrons, les enfants!

Ils tombèrent d'accord qu'ils n'y toucheraient pas, et la *Baleine* revint à Coqueville, au moment même où, de son côté, le *Zéphir* s'amarrait dans le petit port. Pas un curieux n'avait quitté la plage. Des cris de joie accueillirent cette pêche inespérée de trois tonneaux. Les gamins lançaient leurs casquettes en l'air, tandis que les femmes étaient allées chercher des verres en courant. Tout de suite, on avait décidé de déguster les liquides sur place. Les épaves appartenaient au village. Aucune contestation ne s'éleva. Seulement, il se forma deux groupes, les Mahé entourèrent Rouget, les Floche ne lâchèrent plus La Queue.

— L'Empereur, à vous le premier verre! cria Rouget. Dites-nous ce que c'est.

La liqueur était d'un beau jaune d'or. Le garde-champêtre leva le verre, regarda, flaira, puis se décida à boire.

— Ça vient de Hollande, dit-il après un long silence.

Il ne donna aucun autre renseignement. Tous les Mahé burent avec respect. C'était un peu épais, et ils restaient surpris, à cause d'un goût de fleur. Les femmes trouvèrent ça très bon.

37

Quant aux hommes, ils auraient préféré moins de sucre. Pourtant, au fond, ça finissait par être fort, au troisième ou au quatrième verre. Plus on en buvait, plus on l'aimait. Les hommes s'égayaient et les femmes devenaient drôles.

Mais l'Empereur, malgré ses récentes querelles avec le maire, était allé rôder dans le groupe des Floche. Le tonneau le plus grand donnait une liqueur d'un rouge foncé, tandis qu'on tirait du tout petit un liquide blanc comme de l'eau de roche; et c'était celui-ci qui était le plus raide, un vrai poivre, quelque chose dont la langue pelait. Pas un des Floche ne connaissait ça, ni le rouge, ni le blanc. Il y avait pourtant là des malins. Ça les ennuyait de se régaler sans savoir avec quoi.

— Tenez! l'Empereur, goûtez-moi ça, dit enfin La Queue, faisant ainsi le premier pas.

L'Empereur, qui attendait l'invitation, se posa de nouveau en dégustateur. Pour le rouge, il dit :

— Il y a de l'orange là-dedans!

Et, pour le blanc, il déclara :

— Ça, c'est du chouette!

On dut se contenter de ces réponses, car il hochait la tête d'un air entendu, avec la mine heureuse d'un homme qui avait satisfait son monde.

Seul, l'abbé Radiguet ne semblait pas convaincu. Il voulait connaître les noms. Selon lui, il avait les noms au bout de la langue; et, pour se renseigner tout à fait, il buvait des petits verres coup sur coup, en répétant :

— Attendez, attendez, je sais ce que c'est... Tout à l'heure, je vais vous le dire.

Cependant, peu à peu, on s'était égayé dans le groupe des Mahé et dans le groupe des Floche. Ceux-ci surtout riaient fort, parce qu'ils mélangeaient les liqueurs, ce qui les chatouillait davantage.

Les uns et les autres, du reste, demeuraient à part. Ils ne s'offrirent pas de leurs tonneaux, ils se jetaient simplement des regards sympathiques, pris du désir inavoué de goûter au liquide du voisin, qui devait être meilleur. Les frères ennemis, Tupain et Fouasse, voisinèrent toute la soirée sans se montrer les poings. On remarqua aussi que Rouget et sa femme buvaient dans la même tasse. Quant à Margot, elle distribuait la liqueur chez les Floche ; et, comme elle emplissait trop les verres, et que la liqueur lui coulait sur les doigts, elle se les suçait continuellement; si bien que, tout en obéissant à son père qui lui défendait de boire, elle s'était grisée ainsi qu'une fille en vendange. Ça ne lui allait pas mal; au contraire. Elle devenait toute rose, les yeux pareils à des chandelles.

Le soleil se couchait, la soirée était d'une douceur de printemps. Coqueville avait achevé les tonneaux et ne songeait pas à rentrer dîner. On se trouvait trop bien sur la plage. Quand il fit nuit noire, Margot, assise à l'écart, sentit quelqu'un lui souffler sur la nuque. C'était Delphin, très gai, marchant à quatre pattes, rôdant derrière elle comme un loup. Elle retint un cri pour ne pas donner l'éveil à son père, qui aurait envoyé un coup de pied dans le derrière à Delphin.

 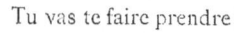 — Va-t'en, imbécile! murmura-t-elle, moitié fâchée, moitié rieuse. Tu vas te faire prendre!

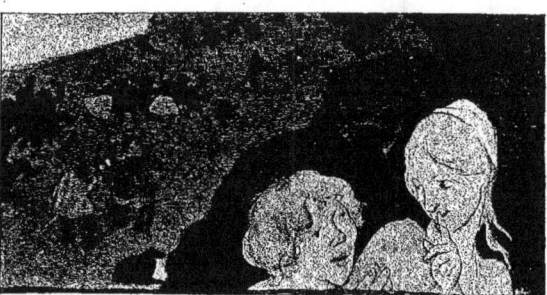

E jour
suivant,
Coqueville, à son
réveil, trouva le soleil
déjà haut sur l'horizon.
Il faisait plus doux encore,
une mer assoupie sous un
ciel pur, un de ces temps de paresse où il est si
bon de ne rien faire. On était au mercredi. Jusqu'au
déjeuner, Coqueville se reposa du régal de la
veille. Puis, on descendit sur la plage, pour voir.
Ce mercredi-là, la pêche, la veuve Dufeu,

IV.

M. Mouchel, tout fut oublié. La Queue et Rouget ne parlèrent seulement pas d'aller visiter leurs jambins. Vers trois heures, on signala des tonneaux. Quatre dansaient en face du village. Le *Zéphir* et la *Baleine* se mirent en chasse; mais, comme il y en avait pour tout le monde, on ne se disputa point, chaque bateau eut sa part.

A six heures, après avoir fouillé le petit golfe, Rouget et La Queue rentrèrent avec chacun trois tonneaux. Et la fête recommença. Les femmes avaient descendu des tables, pour plus de commodité. On apporta même des bancs, on établit deux cafés en plein air, ainsi qu'il y en avait à Grandport. Les Mahé étaient à gauche, les Floche à droite, séparés encore par une butte de sable. Pourtant, ce soir-là, l'Empereur qui allait d'un groupe à l'autre, promena des verres pleins, afin de faire goûter les six tonneaux à tout le monde. Vers neuf heures, on était beaucoup plus gai que

la veille. Coqueville, le lendemain, ne put jamais
se souvenir de quelle façon il s'était couché.

Le jeudi, le *Zéphir* et la *Baleine* ne pêchèrent que quatre
tonneaux, deux chacun; mais ils étaient énormes. Le vendredi, la
pêche fut superbe, inespérée; il y eut sept tonneaux, trois pour
Rouget et quatre pour La Queue. Alors, Coqueville entra dans un
âge d'or. On ne faisait plus rien. Les pêcheurs, cuvant les alcools
de la veille, dormaient jusqu'à midi. Puis, ils descendaient en
flânant sur la plage, ils interrogeaient la mer. Leur seul souci était
de se demander quelle liqueur la marée allait leur apporter. Ils
restaient là des heures, les yeux braqués; ils poussaient des cris
de joie, dès qu'une épave apparaissait. Les femmes et les enfants,
du haut des rochers, signalaient avec de grands gestes jusqu'aux
moindres paquets d'algues roulés par la vague. Et, à toute heure,
le *Zéphir* et la *Baleine* étaient prêts à partir. Ils sortaient, ils
battaient le golfe, ils pêchaient aux tonneaux, comme on pêche au
thon, dédaigneux maintenant des maquereaux tranquillisés, qui

cabriolaient au soleil, et des
soles paresseuses, bercées à
fleur d'eau. Coqueville suivait
la pêche, en crevant de rire sur
le sable. Puis, le soir, on buvait la pêche.

   Ce qui enthousiasmait Coqueville, c'était
que les tonneaux ne cessaient pas. Quand il
n'y en avait plus, il y en avait encore. Il fallait
vraiment que le navire qui s'était perdu, eût une
jolie cargaison à bord; et Coqueville, devenu égoïste
et gai, plaisantait ce navire naufragé, une vraie cave à liqueurs,
de quoi soûler tous les poissons de l'Océan. Avec ça, jamais on ne
pêchait un tonneau semblable; il y en avait de toutes les formes,
de toutes les grosseurs, de toutes les couleurs. Puis, à chaque
tonneau, c'était un liquide différent. Aussi l'Empereur était-il
plongé dans de profondes rêveries; lui, qui avait bu de tout, il
ne s'y reconnaissait plus. La Queue déclarait que jamais il n'avait
vu un chargement pareil. L'abbé Radiguet croyait à une commande
faite par quelque roi sauvage, voulant monter sa cave. D'ailleurs,

43

Coqueville ne cherchait plus à comprendre, bercé dans des griseries inconnues.

Les dames préféraient les crèmes : il y eût des crèmes de moka, de cacao, de menthe, de vanille. Marie Rouget but un soir tant d'anisette, qu'elle en fut malade. Margot et les autres demoiselles tapèrent sur le curaçao, la bénédictine, la trappistine, la chartreuse. Quant au cassis, il était réservé aux petits enfants. Naturellement, les hommes se réjouissaient davantage, lorsqu'on pêchait des cognacs, des rhums, des genièvres, tout ce qui emportait la bouche. Puis, des surprises se produisaient. Un tonneau de *raki* de Chio au mastic stupéfia Coqueville, qui crut être tombé sur un tonneau d'essence de térébenthine; on le but tout de même, parce qu'il ne faut rien perdre; mais on en parla longtemps. L'*arack* de Batavia, l'eau-de-vie suédoise au cumin, le *tuica calugaresca* de Roumanie, le *sliwowitz* de Serbie, bouleversèrent également toutes les idées que Coqueville se faisait de ce qu'on peut avaler. Au fond, il eut un faible pour le kummel et le kirsch, des liqueurs claires comme de l'eau et raides à tuer un homme. Était-il Dieu possible qu'on eût inventé tant de bonnes choses! A Coqueville, on ne connaissait que l'eau-de-vie; et encore pas tout le monde. Aussi les imaginations finissaient-elles par s'exalter, on en arrivait à une véritable dévotion, en face de cette variété inépuisable, dans ce qui soûle. Oh! se soûler chaque soir avec quelque chose de nouveau, et dont on ignorait même le nom! Ça semblait un conte de fée, une pluie, une fontaine qui aurait craché des liquides extraordinaires, tous les alcools distillés, parfumés avec toutes les fleurs et tous les fruits de la création.

Donc, le vendredi soir, il y avait sept tonneaux sur la plage. Coqueville ne quittait plus la plage. Il y vivait, grâce à la douceur du temps. Jamais, en septembre, on n'avait joui d'une semaine si

44

belle. La fête durait depuis le lundi, et il n'y avait pas de raison pour qu'elle ne durât pas toujours, si la Providence continuait à envoyer des tonneaux; car l'abbé Radiguet voyait là le doigt de la Providence. Toutes les affaires étaient suspendues; à quoi bon trimer, du moment où le plaisir venait en dormant? On était tous bourgeois, des bourgeois qui buvaient des liqueurs chères, sans avoir rien à payer au café. Les mains dans les poches, Coqueville jouissait du soleil, attendait le régal du soir. D'ailleurs, il ne dessoûlait plus; il mettait bout à bout les gaietés du kummel, du kirsch, du ratafia; en sept jours, il connut les colères du gin, les attendrissements du curaçao, les rires du cognac. Et Coqueville restait innocent comme l'enfant qui vient de naître, ne sachant rien de rien, buvant avec conviction ce que le bon Dieu lui envoyait.

Ce fut le vendredi que les Mahé et les Floche fraternisèrent. On était très gai, ce soir-là. Déjà, la veille, les distances s'étaient rapprochées, les plus gris avaient piétiné la butte de sable, qui séparait les deux groupes. Il ne restait qu'un pas à faire. Du côté des Floche, les quatre tonneaux se vidaient, tandis que les Mahé achevaient également leurs trois petits barils, juste trois liqueurs qui faisaient le drapeau français, une bleue, une blanche et une rouge. La bleue emplissait les Floche de jalousie, parce qu'une liqueur bleue leur paraissait une chose vraiment surprenante. La Queue, devenu bonhomme, depuis qu'il ne dessoûlait plus, s'avança, un verre à la main, comprenant qu'il devait faire le premier pas, comme magistrat.

— Voyons, Rouget, bégaya-t-il, veux-tu trinquer?

— Je veux bien, répondit Rouget, qui chancelait d'attendrissement.

Et ils tombèrent au cou l'un de l'autre. Alors, tout le monde pleura, tellement on était ému. Les Mahé et les Floche s'embrassèrent, eux qui se dévoraient depuis trois siècles. L'abbé Radiguet,

Les Mahé et les
Floche
s'embrassèrent.

très touché, parla encore du doigt de Dieu. On trinqua avec les trois liqueurs, la bleue, la blanche et la rouge.

— Vive la France! criait l'Empereur.

La bleue ne valait rien, la blanche pas grand'chose, mais la rouge était vraiment réussie. On tapa ensuite sur les tonneaux des Floche. Puis, on dansa. Comme il n'y avait pas de musique, des garçons de bonne volonté frappaient dans leurs mains en sifflant, ce qui enlevait les filles. La fête devint superbe. Les sept tonneaux étaient rangés à la file; chacun pouvait choisir ce qu'il aimait le mieux. Ceux qui en avaient assez, s'allongeaient sur le sable, où ils dormaient un somme; et, quand ils se réveillaient, ils recommençaient. Les autres élargissaient peu à peu le bal, prenaient toute la plage. Jusqu'à minuit, on sauta en plein air. La mer avait un bruit doux, les étoiles luisaient dans un ciel profond, d'une paix immense. C'était une sérénité des âges enfants, enveloppant la joie d'une tribu de sauvages, grisée par son premier tonneau d'eau-de-vie.

Pourtant, Coqueville rentrait encore se coucher. Quand il n'y avait plus rien à boire, les Floche et les Mahé s'aidaient, se portaient, et finissaient tant bien que mal par retrouver leurs lits. Le samedi, la fête dura jusqu'à près de deux heures du matin. On avait pêché six tonneaux, dont deux énormes. Fouasse et Tupain faillirent se battre. Tupain, qui avait l'ivresse méchante, parlait d'en finir avec son frère. Mais cette querelle révolta tout le monde, aussi bien les Floche que les Mahé. Est-ce qu'il était raisonnable de se disputer encore, lorsque le village entier s'embrassait? On força les deux frères à trinquer ensemble; ils rechignaient, l'Empereur se promit de les surveiller. Le ménage Rouget non plus n'allait pas bien. Quand Marie avait bu de l'anisette, elle prodiguait à Brisemotte des amitiés que Rouget ne pouvait voir d'un œil calme; d'autant plus que, devenu sensible, lui aussi voulait

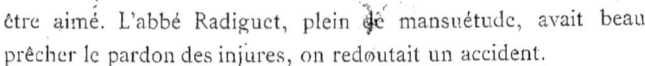

être aimé. L'abbé Radiguet, plein de mansuétude, avait beau prêcher le pardon des injures, on redoutait un accident.

— Bah! disait La Queue, tout s'arangera. Si la pêche est bonne demain, vous verrez... A votre santé!

Pourtant, La Queue lui-même n'était pas encore parfait. Il guettait toujours Delphin, et lui allongeait des coups de pied, dès qu'il le voyait s'approcher de Margot. L'Empereur s'indignait, car il n'y avait pas de bon sens à empêcher deux jeunesses de rire. Mais La Queue jurait toujours de tuer sa fille plutôt que la donner au petit. D'ailleurs, Margot n'aurait pas voulu.

— N'est-ce pas? tu es trop fière, criait-il. Jamais tu n'épouseras un gueux!

— Jamais, papa! répondait Margot.

Le samedi, Margot bu beaucoup d'une liqueur sucrée. On n'avait pas idée d'un sucre pareil. Comme elle ne se méfiait point, elle se trouva bientôt assise près du tonneau. Elle riait, heureuse, en paradis; elle voyait des étoiles, et il lui semblait qu'il y avait en elle une musique jouant des airs de danse. Ce fut alors que Delphin se glissa dans l'ombre des tonneaux. Il lui prit la main, il demanda :

— Dis, Margot, veux-tu?

Elle, souriait toujours. Puis, elle répondit :

— C'est papa qui ne veut pas.

— Oh! ça ne fait rien, reprit le petit. Tu sais, les vieux ne veulent jamais... Pourvu que tu veuilles, toi.

Et il s'enhardit, il lui mit un baiser sur le cou. Elle se rengorgea, des frissons couraient le long de ses épaules.

— Finis, tu me chatouilles.

Mais elle ne parlait plus de lui allonger des claques. D'abord, elle n'aurait pas pu, car elle avait les mains trop molles. Puis, ça lui semblait bon, les petits baisers sur le cou. C'était comme

48

la liqueur qui l'en-
gourdissait, délicieu-
sement.

Elle finit par rouler
la tête et par tendre le

menton, ainsi qu'une
chatte.

Tiens ! bégayait-
elle, là, sous l'oreille,
ça me démange.....
Oh ! c'est bon !

Tous deux oubliaient La Queue. Heureusement, l'Empereur
veillait. Il les fit voir à l'abbé Radiguet, en disant:
— Regardez donc, curé... Il vaudrait mieux les marier.

Les mœurs y gagneraient, déclara sentencieusement le prêtre.

Et il se chargea de l'affaire pour le lendemain. C'était lui qui parlerait à La Queue. En attendant, La Queue avait tellement bu, que l'Empereur et le curé durent le porter chez lui. En chemin, ils tâchèrent de le raisonner au sujet de sa fille ; mais ils ne purent en tirer que des grognements. Derrière eux, Delphin ramenait Margot dans la nuit claire.

Le lendemain, à quatre heures, le *Zéphir* et la *Baleine* avaient déjà pêché sept tonneaux. A six heures, le *Zéphir* en pêcha deux autres. Ça faisait neuf. Alors, Coqueville fêta le dimanche. C'était le septième jour qu'il se grisait. Et la fête fût complète, une fête comme on n'en avait jamais vu et comme on n'en reverra jamais. Parlez-en dans la basse Normandie, on vous dira avec des rires : « Ah ! oui, la fête à Coqueville ! »

V.

Cependant, dès le mardi, M. Mouchel s'était étonné de ne voir arriver à Grandport ni Rouget ni La Queue. Que diable ces gaillards pouvaient-ils faire? La mer était belle, la pêche aurait dû être superbe. Peut-être bien

51

qu'ils voulaient d'un coup apporter toute une charge de soles et de langoustes. Et il patienta jusqu'au mercredi.

Le mercredi, M. Mouchel se fâcha. Il faut savoir que la veuve Dufeu n'était pas commode. C'était une femme qui, tout de suite, en venait aux gros mots. Bien qu'il fût un beau gaillard, blond et fort, il tremblait devant elle, d'autant plus qu'il rêvait de l'épouser, toujours aux petits soins, quitte à la calmer d'une gifle, s'il devenait jamais le maître. Or, le mercredi matin, la veuve Dufeu tempêta, en se plaignant que les envois ne se faisaient plus, que la marée manquait; et elle l'accusait de courir les filles de la côte, au lieu de s'occuper du merlan et du maquereau, qui auraient dû donner en abondance. M. Mouchel, vexé, se rejeta sur le singulier manque de parole de Coqueville. Un moment, la surprise apaisa la veuve Dufeu. A quoi songeait donc Coqueville? Jamais il ne s'était conduit de la sorte. Mais elle déclara aussitôt qu'elle se fichait de Coqueville, que c'était à M. Mouchel d'aviser, et qu'elle prendrait un parti, s'il se faisait berner encore par les pêcheurs. Du coup, très inquiet, il envoya au diable Rouget et La Queue. Peut-être tout de même qu'ils viendraient le lendemain.

Le lendemain, jeudi, ni l'un ni l'autre ne parut. M. Mouchel, désespéré, monta vers le soir, à gauche de Grandport, sur le rocher d'où l'on découvre au loin Coqueville, avec la tache jaune de sa plage. Il regarda longtemps. Le village avait un air tranquille au soleil, des fumées légères sortaient des cheminées, sans doute les femmes préparaient la soupe. M. Mouchel constata que Coqueville était toujours à sa place, qu'un rocher de la falaise ne l'avait pas écrasé, et il comprit de moins en moins. Comme il allait redescendre, il crut apercevoir deux points noirs dans le golfe, la *Baleine* et le *Zéphir*. Alors, il revint calmer la veuve Dufeu. Coqueville pêchait.

La nuit se passa. On était au vendredi. Toujours pas de Coqueville. M. Mouchel monta plus de dix fois sur son rocher. Il commençait à perdre la tête, la veuve Dufeu le traitait abominablement, sans qu'il trouvât rien à répondre. Coqueville était toujours là-bas, au soleil, se chauffant comme un lézard paresseux. Seulement, M. Mouchel ne vit plus de fumée. Le village semblait mort. Seraient-ils tous crevés dans leurs trous? Sur la plage, il y avait bien un grouillement; mais ce pouvait être des algues poussées par la mer.

Le samedi, toujours personne. La veuve Dufeu ne criait plus : elle avait les yeux fixes, les lèvres blanches. M. Mouchel passa deux heures sur le rocher. Une curiosité grandissait en lui, un besoin tout personnel de se rendre compte de l'étrange immobilité du village. Ces masures sommeillant béatement au soleil, finissaient par l'agacer. Sa résolution fut prise, il partirait le lundi, de très bon matin, et tâcherait d'être là-bas, vers neuf heures.

Ce n'était pas une promenade, que d'aller à Coqueville. M. Mouchel préféra suivre le chemin de terre; il tomberait ainsi sur le village, sans qu'on l'attendit. Une voiture le mena jusqu'à Robigneux, où il la laissa sous une grange, car il n'eût pas été prudent de la risquer au milieu des gorges. Et il partit gaillardement, ayant à faire près de sept kilomètres, dans le plus abominable des chemins. La route est d'ailleurs d'une beauté sauvage; elle descend avec de continuels détours, entre deux rampes énormes de rochers, si étroite par endroits, que trois hommes ne pourraient passer de front. Plus loin, elle longe des précipices; la gorge s'ouvre brusquement; et l'on a des échappées sur la mer, d'immenses horizons bleus. Mais M. Mouchel n'était pas dans un état d'esprit à admirer le paysage. Il jurait, lorsque des pierres roulaient sous ses talons. C'était la faute à Coqueville, il se promettait de secouer ces fainéants de la belle manière. Cependant,

il approchait. Tout d'un coup, au tournant de la dernière roche, il aperçut les vingt maisons du village pendues au flanc de la falaise.

Neuf heures sonnaient. On se serait cru en juin, tant le ciel était bleu et chaud; un temps superbe, un air limpide, doré d'une poussière de soleil, rafraîchi d'une bonne odeur marine. M. Mouchel s'engagea dans l'unique rue du village, où il venait bien souvent; et, comme il passait devant la maison de Rouget, il entra. La maison était vide. Il donna ensuite un coup d'œil chez Fouasse, chez Tupain, chez Brisemotte. Pas une âme; toutes les portes ouvertes, et personne dans les salles. Qu'est-ce que cela voulait dire? Un léger froid commençait à lui courir sur la peau. Alors, il songea aux autorités. Certainement, l'Empereur le renseignerait. Mais la maison de l'Empereur était vide comme les autres; jusqu'au garde-champêtre qui manquait! Ce village désert et silencieux le terrifiait maintenant. Il courut chez le maire. Là, une autre surprise l'attendait : le ménage se trouvait dans un gâchis abominable; on n'avait pas fait les lits depuis trois jours; la vaisselle traînait, les chaises culbutées semblaient indiquer quelque bataille. Bouleversé, rêvant des cataclysmes, M. Mouchel voulut aller jusqu'au bout, et il visita l'église. Pas plus de curé que de maire. Tous les pouvoirs et la religion elle-même avaient disparu. Coqueville, abandonné, dormait sans un souffle, sans un chien, sans un chat. Plus même de volailles, les poules s'en étaient allées. Rien, le vide, le silence, un sommeil de plomb, sous le grand ciel bleu.

Parbleu! ce n'était pas étonnant, si Coqueville n'apportait point sa pêche! Coqueville avait déménagé. Coqueville était mort. Il fallait prévenir la police. Cette catastrophe mystérieuse exaltait M. Mouchel, lorsque, ayant eu l'idée de descendre sur la plage, il poussa un cri. Au milieu du sable, la population entière gisait. Il

crut à un massacre général. Mais des ronflements sonores vinrent
le détromper. Dans la nuit du dimanche, Coqueville avait fait la fête
si tard, qu'il s'était trouvé dans l'impossibilité absolue de rentrer
se coucher. Alors, il avait dormi sur le sable, à la place même
où il était tombé, autour des neuf tonneaux complètement bus.

Oui, tout Coqueville ronflait là; j'entends les enfants, les
femmes, les vieillards et les hommes. Pas un n'était debout. Il y en
avait sur le ventre, il y en avait sur le dos : d'autres se tenaient en
chien de fusil. Comme on fait son lit, on se couche. Et les gaillards
se trouvaient semés au petit bonheur de l'ivresse, pareils à une
poignée de feuilles que le vent a roulées. Des hommes avaient
culbuté, la tête plus basse que les talons. Des femmes montraient
leurs derrières. C'était plein de bonhomie, un dortoir au grand
air, des braves gens en famille qui se mettent à l'aise; car, où il y
a de la gêne, il n'y a pas de plaisir.

Justement on était à la nouvelle lune. Coqueville, croyant
avoir soufflé sa chandelle, s'était abandonné dans le noir. Puis, le
jour avait grandi; et, maintenant, le soleil flambait, un soleil qui
tombait d'aplomb sur les dormeurs, sans leur faire cligner les pau-
pières. Ils dormaient rudement, tous la face réjouie, avec la belle
innocence des ivrognes. Les poules, de grand matin, devaient être
descendues piquer les tonneaux, car elles étaient soûles, elles aussi,
couchées dans le sable. Même il y avait cinq chats et trois chiens,
les pattes en l'air, gris d'avoir sucé les verres, ruisselants de sucre.

Un instant, M. Mouchel marcha au milieu des dormeurs, en
ayant soin de n'écraser personne. Il comprenait, car on avait
également recueilli a Grandport des tonneaux, provenant du
naufrage d'un navire anglais. Toute sa colère était tombée. Quel
spectacle touchant et moral! Coqueville réconcilié, les Mahé et
les Floche couchés ensemble! Au dernier verre, les pires ennemis
s'étaient embrassés. Tupain et Fouasse ronflaient la main dans la

main, en frères incapables à l'avenir de se disputer un héritage. Quant au ménage Rouget, il offrait un tableau plus aimable encore, Marie dormait entre Rouget et Brisemotte, comme pour dire que, désormais, ils vivraient ainsi, heureux tous les trois.

Mais un groupe surtout faisait une scène de famille attendrissante. C'était Delphin et Margot, au cou l'un de l'autre ; ils sommeillaient, la joue contre la joue, les lèvres encore ouvertes par un baiser. A leurs pieds, l'Empereur, couché en travers, les gardait. Au-dessus d'eux, La Queue ronflait en père satisfait d'avoir casé sa fille, tandis que l'abbé Radiguet, tombé là comme les autres, les bras élargis, semblait les bénir. En dormant, Margot tendait toujours son museau rose, pareille à une chatte amoureuse qui aime qu'on la gratte sous le menton.

La fête avait fini par un mariage. Et M. Mouchel lui-même, plus tard, épousa la veuve Dufeu, qu'il battit comme plâtre. Parlez-en dans la basse Normandie, on vous dira avec des rires : « Ah ! oui, la Fête à Coqueville ! »

Fin.

ACHEVÉ D'IMPRIMER

PAR

DRAEGER, 118, RUE DE VAUGIRARD

CLICHÉS

DE LA

MAISON CHARAIRE

PRIX : CINQ Francs

Imprimerie DRAEGER,